Roland aus Perleberg im Blutrausch
Mecklenburger Horrorgeschichte

FSC
www.fsc.org
MIX
Papier aus ver-
antwortungsvollen
Quellen
Paper from
responsible sources
FSC® C105338

Herold zu Moschdehner

Roland aus Perleberg im Blutrausch

Mecklenburger Horrorgeschichte

Bibliografische Information der Deutschen
Nationalbibliothek
Die Deutsche Nationalbibliothek verzeichnet
diese Publikation in der Deutschen
Nationalbibliografie; detaillierte bibliografische
Daten sind im Internet über http://dnb.d-nb.de
abrufbar.

ISBN: 978-3-7693-0741-2

Vorwort

Willkommen in Perleberg – einer Stadt, deren Name längst in Vergessenheit geraten wäre, wenn nicht ein uralter, dunkler Fluch sie an die Schatten des Grauens gebunden hätte. Die Geschichte, die Sie nun in Händen halten, ist kein gewöhnlicher Horrorroman. Es ist ein Abstieg in die Abgründe menschlicher Machtgier, in den Wahnsinn, der aus uralter, blutiger Magie erwächst und ganze Generationen in seinen Bann zieht.

Was Sie erwartet, ist die Chronik einer Verzweiflung, die in den kalten Steinen einer vergessenen Stadt lebt. Einst war Perleberg ein Ort des Stolzes und der Hoffnung, doch ein mächtiger Krieger und sein unheilvolles Vermächtnis verwandelten es in ein Gefängnis – nicht nur für seinen verfluchten Geist, sondern für alle, die sein Blut in ihren Adern tragen. Jahrhunderte lang lag der Fluch verborgen, doch als die Bewohner ihn erneut entfachten, erwachte das Grauen, und die Stadt selbst wurde zum Opfer eines unaufhaltsamen Zorns.

In diesen Seiten finden Sie die Geschichte von Andre, einem Mann, der an die Grenzen des Verstandes und zurück geführt wird, und der schlussendlich eine Entscheidung treffen muss, die das Schicksal der Stadt besiegeln wird. Doch dies ist mehr als eine Geschichte des Übernatürlichen – es ist eine Warnung. Denn das Dunkle, das in Perleberg lauert, mag vergangen erscheinen, doch das Böse, das einst durch Blut und Gier entfesselt wurde, kann in jeder Stadt

erwachen, die sich nicht an die Schatten ihrer Vergangenheit erinnert.
Lesen Sie mit Vorsicht. Denn manche Geschichten lassen sich nicht einfach lesen – sie lassen einen nie wieder los.

Kapitel 1: Die Neuankunft

Eine kalte, feuchte Dunkelheit legte sich wie ein schwerer Schleier über Perleberg. Der Herbst war gerade in die Prignitz-Region eingezogen und brachte eisigen Nebel und raue Winde mit sich. Die Straßen waren menschenleer, und nur das matte Licht der Gaslaternen drang durch den dichten Nebel, der die verwinkelten Gassen wie eine graue Masse einhüllte. Auf dem Marktplatz, mitten in der Dunkelheit, stand der Roland – eine unbarmherzige, steinerne Gestalt, die seit einer Woche über die Stadt wachte. Er war massiv, seine Haltung herausfordernd, das Schwert in der Faust, als wollte er jeden, der sich ihm widersetzte, richten.

Doch irgendetwas stimmte nicht mit ihm. Das spürte fast jeder, auch wenn sie es nicht laut auszusprechen wagten. Seit der Neuaufstellung des steinernen Ritters hatte sich eine bedrückende Atmosphäre über die Stadt gelegt, wie ein unsichtbarer, drohender Schatten. Einige der älteren Bewohner behaupteten, nachts das metallische Geräusch von Schritten zu hören, als würde etwas Schweres über die Pflastersteine schleifen. Andere glaubten, die Augen des Rolands hätten sich verändert, als hätte sich eine neue Lebendigkeit in den Stein gegraben.

Ein entsetzlicher Fund

Die Nacht war in tiefes Schweigen gehüllt, als der
Schrei ertönte. Hoch und gellend, wie das
Schreien eines verletzten Tieres, doch die Stimme
war menschlich – voller Schmerz, Panik und
einem letzten Flehen um Gnade. Die Türen in den
Häusern rund um den Marktplatz öffneten sich
langsam, und neugierige Köpfe schauten heraus,
Augen geweitet vor Furcht und Überraschung.
Auf dem Boden vor einem der Häuser lag ein
Körper, oder vielmehr das, was von ihm übrig
war. Ein Anblick wie aus einem Albtraum, das
Fleisch zerfetzt, der Oberkörper so gewaltsam
aufgerissen, dass sich Rippen und Muskeln wie
die Scherben eines zerschmetterten Spiegels in
alle Richtungen streckten. Blut tropfte in
gleichmäßigen Rinnsalen auf das Pflaster und
bildete Lachen, die das Licht der Straßenlaternen
in unheimlichem Rot zurückwarfen. Die Hand des
Opfers – kaum noch als solche zu erkennen – lag
einige Meter entfernt, die Finger wie verkrampft in
einem letzten, vergeblichen Abwehrversuch
gekrümmt.
Eine alte Frau, die in der Nähe wohnte und als
Erste die schreckliche Szene erblickte, schrie auf
und sank auf die Knie, bevor sie vom Entsetzen
überwältigt in die Dunkelheit starrte. „Das… das
ist nicht menschlich. Niemand könnte so etwas
tun…" Ihre Stimme zitterte, und Tränen liefen ihr
über das faltige Gesicht.
Die unheimliche Wirkung der Statue
Die Menge, die sich inzwischen um die blutige
Szene versammelt hatte, sah instinktiv zur Statue

hinüber, als würde sie darauf warten, dass der Roland sich bewegt. Jemand murmelte ein Vaterunser, und andere begannen unruhig zu flüstern. Ein alter Mann mit tiefen Falten und grauem Haar zog sich die Mütze vom Kopf und spuckte auf den Boden. „Das ist der Roland, verdammt. Der will unser Blut." Seine Worte schickten Schauer durch die Menge, und die Leute schauten einander mit zunehmender Angst an.

Doch nicht alle waren überzeugt. Andre, ein junger Mann in einem langen, schwarzen Mantel, stand am Rande der Menge und sah mit einem sarkastischen Grinsen zu. Er zog eine Zigarette aus seiner Tasche, zündete sie an und sog den Rauch tief ein, bevor er die Leute musterte. „Ihr seid doch alle verrückt", murmelte er halblaut. „Ein Monster? Ein steinerner Ritter, der Menschen zerfetzt? Was für ein Quatsch."

Doch selbst Andre, der normalerweise alles Übernatürliche verspottete, konnte ein unbehagliches Gefühl nicht abschütteln. Die Statue wirkte… verändert. Die steinernen Augen, die früher starr ins Leere zu blicken schienen, hatten nun einen unheimlichen Glanz, als würden sie mit versteckter Wut oder Gier funkeln. Andre zwang sich, den Blick abzuwenden und schüttelte den Kopf. Es war bloß eine Statue, nur kalter, lebloser Stein. Alles andere war Einbildung – die Folge der Schauergeschichten und des wachsenden Aberglaubens in der Stadt.

Die kalte Morgendämmerung

Noch bevor der Nebel sich lichten konnte, begannen die Gerüchte wie ein Lauffeuer durch die Stadt zu ziehen. In den Gasthäusern und auf den Straßen wurde das schreckliche Verbrechen das einzige Gesprächsthema. Einige Bewohner sprachen von einem wild gewordenen Tier, einem Raubtier, das aus den Wäldern gekommen war und den Menschen angefallen hatte. Doch andere, die Augenzeugen waren, widersprachen. „Kein Tier reißt einen Menschen so auseinander", flüsterte ein Metzger, der den Tatort mit schweißnassen Händen und schreckgeweiteten Augen verlassen hatte. „Das war etwas… anderes."
Als die Dämmerung begann, legte sich eine bedrückende, schleichende Angst über die Stadt. Einige Bürger wappneten sich mit Messern und Äxten, die meisten schlossen ihre Fensterläden und ließen sich nicht mehr blicken. Andre, der noch immer die Gerüchte für Unsinn hielt, bemerkte das Zittern in den Stimmen und das Zittern in den Händen seiner Nachbarn, als sie von der grausamen Entdeckung sprachen. Obwohl er sich einredete, dass alles nur Hysterie war, schien die Dunkelheit dichter, das Wetter kälter, und selbst die Luft, die er einatmete, wirkte wie von unsichtbaren Schatten durchzogen. Er konnte nicht umhin, einen letzten Blick zur Roland-Statue zu werfen, als er sich auf den Heimweg machte. Im aufkommenden Nebel stand der steinerne Ritter wie ein drohendes Monument des Todes und des Unheils –

regungslos, schweigend und doch so unheimlich präsent, dass selbst Andre spürte, wie ihm ein Schauer über den Rücken lief.
Was auch immer geschehen war, Andre konnte das Gefühl nicht abschütteln, dass dies erst der Anfang war.

Kapitel 2: Die zweite Nacht

Der Tag verstrich wie in einem fiebrigen Traum.
Die Sonne erhob sich kaum über den Horizont,
und ein dickes Grau blieb wie eine düstere
Decke über Perleberg liegen. Die Menschen
sprachen kaum mehr miteinander. Die meisten
hatten die Türen fest verschlossen, als könnten die
Wände sie vor dem Unsichtbaren beschützen,
das in den Schatten der Stadt lauerte. Aber der
Nebel ließ sich nicht aufhalten. Er zog sich durch
jede Gasse, sammelte sich in den Ecken und
verstärkte das Gefühl, dass das Böse selbst in der
Luft schwebte.
In den frühen Abendstunden wurde Perleberg
noch einmal von einem grausamen Fund
erschüttert.

Der zweite Fund

Ein Wachmann, der den Marktplatz nach
Einbruch der Dunkelheit patrouillierte, bemerkte
einen seltsamen Schatten, der sich auf dem
Pflaster bewegte. Er zog seine Laterne und
leuchtete in die Dunkelheit, als plötzlich ein
entsetzlicher Anblick in das schwache Licht
geriet. Ein weiterer Körper – oder was davon übrig
war – lag mitten auf dem Platz. Das Blut floss in
unnatürlich dicken Strömen aus dem
verstümmelten Körper, als würde es nicht
aufhören können, und hinterließ Spuren, die wie
zähe, dunkle Linien das Pflaster überzogen.
Die Augen des Opfers waren weit aufgerissen, ein
Ausdruck reinen Schreckens darin eingefroren.

Arme und Beine waren in grotesken Winkeln
verdreht, als hätte jemand oder etwas sie mit
unmenschlicher Kraft in alle Richtungen gezerrt.
Das Gesicht war so entstellt, dass es kaum noch
menschlich aussah. Der Kopf war unnatürlich zur
Seite gedreht, als sei das Genick mit einem
einzigen, kräftigen Schlag durchtrennt worden,
und der Mund war in einem stillen Schrei
eingefroren, die Lippen aufgerissen und die
Zähne entblößt wie ein Tier im Todeskampf.
Der Wachmann taumelte rückwärts, doch er
stolperte und fiel in das kalte Blut, das sofort an
seiner Kleidung haftete. Er spürte die eiskalte
Flüssigkeit an seiner Haut, und ein Schauer
durchlief seinen ganzen Körper. Seine Finger
zitterten, als er versuchte, sich aufzurichten, doch
seine Beine schienen wie gelähmt. Ein
unheimliches Gefühl von Machtlosigkeit
übermannte ihn, und er schaffte es kaum, ein
unterdrücktes Stöhnen auszustoßen.
„Was... was ist hier los?" flüsterte er, kaum hörbar.
Seine Augen wanderten langsam zur Roland-
Statue hinüber, die sich im Schatten befand. Die
Laterne warf schwaches Licht auf die Umrisse des
steinernen Ritters, und für einen Moment meinte
der Wachmann, ein unheimliches Lächeln auf
den steinernen Lippen zu erkennen – eine Spur
von Genugtuung, die in das kalte Antlitz
eingraviert schien.

Das Entsetzen greift um sich

Die Nachricht vom zweiten Mord verbreitete sich in der Stadt wie ein Flächenbrand. Dieses Mal waren es nicht nur die älteren Bürger, die in Panik verfielen. Auch die Jungen und Mutigen, die sich sonst über die Geschichten amüsierten, spürten, wie die Angst in ihren Knochen kroch. Niemand konnte sich erklären, wer oder was in der Lage war, solche Gewalt anzuwenden. Aber die Tatsache, dass der zweite Mord ebenfalls in der Nähe der Roland-Statue geschehen war, ließ die Gerüchte erneut aufflammen.

Andre, der am Rande der Menge stand und mit verschränkten Armen das Spektakel beobachtete, schüttelte den Kopf. Er war bei weitem kein abergläubischer Mensch, und doch konnte er sich den seltsamen Eindruck nicht entziehen, dass die Dinge in der Stadt aus dem Ruder liefen. Es war nicht normal, dass ein Mensch so zugerichtet wurde – so kaltblütig und gnadenlos zerstückelt. Doch die Idee, dass eine Statue hinter all dem stecken sollte, erschien ihm noch absurder.

„Ein Monster, das im Stein schlummert…", spottete er vor sich hin. Doch während er diese Worte aussprach, warf er einen letzten Blick auf den Roland, und ein leises Frösteln breitete sich in ihm aus. Die kalten, leeren Augen des Ritters schienen ihn anzustarren, als könnten sie bis in seine tiefsten Gedanken vordringen.

Das Flüstern im Dunkeln

Am nächsten Abend wagte sich kaum jemand
auf die Straßen. Die Kneipen, die normalerweise
bis spät in die Nacht gefüllt waren, waren
verwaist, und selbst die Laternen brannten in
einem merkwürdig fahlen Licht. Andre hatte das
Gefühl, dass die Dunkelheit an diesem Abend
dichter war, unnatürlich schwer und klebrig, als
wäre sie lebendig und würde sich in jede Ritze
und jede Ecke der Stadt kriechen.
In einer Seitengasse hörte er plötzlich ein leises,
kratzendes Geräusch. Er drehte sich um, seine
Nerven angespannt, und sah in die dunkle Gasse,
die in den Marktplatz mündete. Nichts. Doch
dann sah er es: Ein Schatten, der sich aus der
Dunkelheit löste und sich auf das schwache Licht
der Straßenlaternen zubewegte. Andre hielt den
Atem an, sein Herzschlag beschleunigte sich. Es
war, als würde etwas Unsichtbares ihn anstarren,
eine Präsenz, die so erdrückend und bedrohlich
war, dass er sich am liebsten davonlaufen wollte.
Der Schatten bewegte sich weiter, und Andre
schwor, dass er das leise, schabende Geräusch
von Metall auf Stein hörte. Der Klang, so unheilvoll
und scharf, schnitt durch die stille Nacht wie ein
Fluch, der in die Mauern der Stadt eingewoben
war. Er zwang sich, den Blick auf die Roland-
Statue zu richten, die regungslos und stumm
dastand, als wäre sie nur ein harmloses Relikt der
Vergangenheit.
Doch tief in seinem Inneren wusste Andre, dass
etwas nicht stimmte. Die Luft schien plötzlich
kälter zu werden, die Dunkelheit dichter, und ein

Gefühl der Beklemmung legte sich über ihn, das selbst der kalte Rauch seiner Zigarette nicht vertreiben konnte.

Das Ende des zweiten Kapitels

Als Andre in der Ferne das leise Knarren einer Tür hörte, wandte er sich ab und ging mit schnellen Schritten davon, seine Gedanken wirr und schwer. Doch in seinen Ohren hallte das Geräusch des schleifenden Metalls noch nach, und er wusste, dass der Schatten der Roland-Statue sich für immer in seine Gedanken gebrannt hatte.

Kapitel 3: Blutiger Hunger

Perleberg war erstickt in Angst. Nach den ersten
beiden Morden waren die Straßen wie
ausgestorben; die Fenster und Türen blieben fest
verschlossen, als könnte das dünne Holz der
Häuser die Bedrohung abwehren. Im schwachen,
trüben Licht des frühen Abends trug der
Marktplatz eine unheimliche Stille in sich, nur
durchbrochen vom leisen Rascheln des Windes,
der die verwelkten Blätter über das Pflaster fegte.
Doch diese Nacht sollte die bisher grausamste
sein.

Das Grauen entfaltet sich

Die Abenddämmerung war kaum
hereingebrochen, als ein leises Schlurfen von der
Statue ausging. Für einen Moment glaubte
Andre, der von seinem Fenster aus einen Blick auf
den Marktplatz hatte, dass sich der Roland
bewegt hätte – aber das war unmöglich, ein
Spiel der Schatten, das ihm einen üblen Scherz
spielte. Doch dann hörte er ein leises Knirschen
und das unverkennbare Geräusch von Stein, der
sich bewegt.
Andre riss die Augen weit auf und hielt den Atem
an. Die Statue neigte sich leicht nach vorn, das
Schwert in ihrer Hand schien sich zu senken, als
ob der Roland selbst auf etwas wartete – oder
auf jemanden lauerte.

Der Angriff

Zur selben Zeit, nur ein paar Häuser weiter, öffnete ein alter Bäcker, der gewohnt war, früh zur Arbeit aufzubrechen, seine Tür. Er trat auf die Straße, sein Korb voller frischer Brote unter dem Arm, und bemerkte die unnatürliche Stille. Die Luft war schwer und kalt, und er fühlte ein Frösteln, das ihm das Rückgrat hinunterlief. Ein Schatten blitzte im Augenwinkel auf, und er drehte sich instinktiv um, doch er konnte nichts erkennen. Plötzlich spürte er ein eisernes Band, das sich wie ein Schraubstock um seinen Hals legte. Seine Finger griffen verzweifelt nach dem unsichtbaren Griff, doch es war, als ob seine Kehle von einer unsichtbaren Macht zusammengepresst wurde. Ein leises, dunkles Flüstern drang an sein Ohr, ein Klang, der wie Metall auf Stein klang und ihn bis ins Mark erschütterte.
Dann zerriss etwas in ihm.
Mit einem brutalen, unvorstellbaren Ruck wurde sein Kopf nach hinten gerissen, seine Wirbelsäule knackte, und ein Schwall warmen Blutes spritzte in die Luft. Der Bäcker schrie, doch sein Ruf verhallte in einem erstickten Röcheln, als die unbarmherzige Kraft ihn förmlich auseinanderzog. Sein Körper wurde wie ein Spielzeug in der Luft herumgeworfen, das Fleisch riss von den Knochen, und die Sehnen spannten sich wie zu einem zähen Netz, ehe sie rissen. Die Überreste des alten Mannes landeten mit einem dumpfen Schlag auf dem Pflaster, das Blut spritzte in alle Richtungen, und sein zerschmetterter Schädel

rollte ein paar Meter weiter, als hätte ihn jemand
achtlos weggestoßen.

Ein Schatten des Wahnsinns

Andre starrte, wie erstarrt, aus seinem Fenster. Er
konnte sich nicht rühren, nicht einmal blinzeln.
Vor ihm erstreckte sich ein Gemetzel, wie er es
sich nie hätte vorstellen können. Die Statue stand
wieder reglos, doch das Licht der Gaslaternen
spiegelte sich auf ihrem Schwert, als wäre es von
einer dunklen, klebrigen Substanz bedeckt. Ein
unheimliches Leuchten schien in den steinernen
Augen zu flackern, als hätten sie ein Leben
gewonnen, das sie gierig nach mehr dürsten ließ.
Die schreckliche Szene blieb ihm in den
Gedanken eingebrannt, und das Bild der
verstümmelten Leiche des Bäckers verfolgte ihn,
als er endlich von dem Fenster zurückwich. Sein
Herz schlug wie ein Trommelfeuer, und er fühlte
sich, als würde das Entsetzen seine Seele aus ihm
herauspressen.

Die schwelende Furcht

Andre konnte kaum fassen, was er gesehen
hatte. War die Statue wirklich zum Leben
erwacht? War das alles nur ein Albtraum, ein
makabrer Streich seiner Fantasie? Die Stadt
würde in dieser Nacht von weiteren Schreien und
Blut überzogen, das wusste er plötzlich, so sicher
wie die Kälte, die sich in seine Knochen gefressen
hatte.

Doch er wusste auch, dass der Roland nicht aufhören würde. Er spürte, dass das Grauen, das von der Statue ausging, noch lange nicht gestillt war.

Kapitel 4: Blutiger Hunger

Perleberg war erstickt in Angst. Nach den ersten beiden Morden waren die Straßen wie ausgestorben; die Fenster und Türen blieben fest verschlossen, als könnte das dünne Holz der Häuser die Bedrohung abwehren. Im schwachen, trüben Licht des frühen Abends trug der Marktplatz eine unheimliche Stille in sich, nur durchbrochen vom leisen Rascheln des Windes, der die verwelkten Blätter über das Pflaster fegte. Doch diese Nacht sollte die bisher grausamste sein.

Das Grauen entfaltet sich

Die Abenddämmerung war kaum hereingebrochen, als ein leises Schlurfen von der Statue ausging. Für einen Moment glaubte Andre, der von seinem Fenster aus einen Blick auf den Marktplatz hatte, dass sich der Roland bewegt hätte – aber das war unmöglich, ein Spiel der Schatten, das ihm einen üblen Scherz spielte. Doch dann hörte er ein leises Knirschen und das unverkennbare Geräusch von Stein, der sich bewegt.
Andre riss die Augen weit auf und hielt den Atem an. Die Statue neigte sich leicht nach vorn, das Schwert in ihrer Hand schien sich zu senken, als ob der Roland selbst auf etwas wartete – oder auf jemanden lauerte.

Der Angriff

Zur selben Zeit, nur ein paar Häuser weiter, öffnete ein alter Bäcker, der gewohnt war, früh zur Arbeit aufzubrechen, seine Tür. Er trat auf die Straße, sein Korb voller frischer Brote unter dem Arm, und bemerkte die unnatürliche Stille. Die Luft war schwer und kalt, und er fühlte ein Frösteln, das ihm das Rückgrat hinunterlief. Ein Schatten blitzte im Augenwinkel auf, und er drehte sich instinktiv um, doch er konnte nichts erkennen. Plötzlich spürte er ein eisernes Band, das sich wie ein Schraubstock um seinen Hals legte. Seine Finger griffen verzweifelt nach dem unsichtbaren Griff, doch es war, als ob seine Kehle von einer unsichtbaren Macht zusammengepresst wurde. Ein leises, dunkles Flüstern drang an sein Ohr, ein Klang, der wie Metall auf Stein klang und ihn bis ins Mark erschütterte.
Dann zerriss etwas in ihm.
Mit einem brutalen, unvorstellbaren Ruck wurde sein Kopf nach hinten gerissen, seine Wirbelsäule knackte, und ein Schwall warmen Blutes spritzte in die Luft. Der Bäcker schrie, doch sein Ruf verhallte in einem erstickten Röcheln, als die unbarmherzige Kraft ihn förmlich auseinanderzog. Sein Körper wurde wie ein Spielzeug in der Luft herumgeworfen, das Fleisch riss von den Knochen, und die Sehnen spannten sich wie zu einem zähen Netz, ehe sie rissen. Die Überreste des alten Mannes landeten mit einem dumpfen Schlag auf dem Pflaster, das Blut spritzte in alle Richtungen, und sein zerschmetterter Schädel

rollte ein paar Meter weiter, als hätte ihn jemand
achtlos weggestoßen.

Ein Schatten des Wahnsinns

Andre starrte, wie erstarrt, aus seinem Fenster. Er
konnte sich nicht rühren, nicht einmal blinzeln.
Vor ihm erstreckte sich ein Gemetzel, wie er es
sich nie hätte vorstellen können. Die Statue stand
wieder reglos, doch das Licht der Gaslaternen
spiegelte sich auf ihrem Schwert, als wäre es von
einer dunklen, klebrigen Substanz bedeckt. Ein
unheimliches Leuchten schien in den steinernen
Augen zu flackern, als hätten sie ein Leben
gewonnen, das sie gierig nach mehr dürsten ließ.
Die schreckliche Szene blieb ihm in den
Gedanken eingebrannt, und das Bild der
verstümmelten Leiche des Bäckers verfolgte ihn,
als er endlich von dem Fenster zurückwich. Sein
Herz schlug wie ein Trommelfeuer, und er fühlte
sich, als würde das Entsetzen seine Seele aus ihm
herauspressen.

Die schwelende Furcht

Andre konnte kaum fassen, was er gesehen
hatte. War die Statue wirklich zum Leben
erwacht? War das alles nur ein Albtraum, ein
makabrer Streich seiner Fantasie? Die Stadt
würde in dieser Nacht von weiteren Schreien und
Blut überzogen, das wusste er plötzlich, so sicher
wie die Kälte, die sich in seine Knochen gefressen
hatte.

Doch er wusste auch, dass der Roland nicht aufhören würde. Er spürte, dass das Grauen, das von der Statue ausging, noch lange nicht gestillt war.

Kapitel 5: Nächte der Angst

Die Stadt Perleberg lag wie versteinert in einem
Schweigen, das nur von flüsternden Gebeten
und den verstohlenen Blicken hinter
zugezogenen Gardinen unterbrochen wurde. Die
Gerüchte waren längst zu einer unbändigen
Panik geworden. Keiner sprach es aus, doch in
den Herzen der Stadtbewohner regte sich eine
dunkle Gewissheit: Es war nicht nur ein
wahnsinniger Mörder, der in ihren Straßen sein
Unwesen trieb. Es war der Roland selbst.
Mit jedem neuen Sonnenuntergang hielt die
Stadt den Atem an. Die Straßen lagen leer, die
Häuser verbarrikadiert, und selbst die Tiere
schienen die Gefahr zu spüren, denn weder Hund
noch Katze wagte sich in die Dämmerung. Doch
das Unheil schlummerte nicht – es wartete nur,
bereit, sich in grausamer Raserei zu entfesseln.

Der verzweifelte Entschluss

An diesem Abend versammelten sich einige
mutige Männer – der Schmied, der Metzger und
der Totengräber – in der alten Taverne „Zur
letzten Ruhe". Das Licht der Kerzen flackerte in
ihren blassen Gesichtern, die Stirnen von Furcht
gezeichnet. Andre, der sich bisher geweigert
hatte, die übernatürliche Erklärung zu
akzeptieren, saß ebenfalls dabei, sein sonst so
skeptischer Blick nun voller Besorgnis.
„Es ist genug!", stieß der Schmied hervor, seine
Stimme bebend vor unterdrückter Wut. „Noch

eine Nacht wie die letzten, und es wird niemand mehr übrig sein."

„Was willst du tun?", fragte der Metzger, seine Hände zitterten, und er umklammerte die Tischkante wie einen letzten Halt. „Glaubst du wirklich, dass wir diesen… dieses Ding aufhalten können?"

Der Totengräber, ein stiller Mann mit tiefen Falten und grimmigen Augen, beugte sich nach vorn. „Wir müssen etwas tun. Die Statue – sie ist nicht mehr nur Stein. Wir alle haben es gesehen. Sie bewegt sich, sie tötet."

Ein flüsterndes Einverständnis ging durch die Runde, und Andre spürte ein kaltes, schweres Gefühl in seinem Magen. Er hatte die Schreie gehört, das Blut gesehen, doch bis jetzt hatte er immer gehofft, dass es eine menschliche Erklärung gäbe. Doch irgendetwas in ihm begann zu zerbrechen, als die Schrecken der vergangenen Nächte ihm vor Augen geführt wurden.

Die Nacht bricht herein

Die Männer, bewaffnet mit Äxten, Hämmern und Mistgabeln, schlichen in die Dunkelheit hinaus, die sich wie eine lebendige Kreatur um sie legte. Ihre Schritte hallten über den leeren Marktplatz, und das schwache Mondlicht warf gespenstische Schatten auf die Pflastersteine. Die Roland-Statue stand in ihrer Mitte, regungslos und schweigend, und doch schien sie eine bösartige Energie auszustrahlen, die alle, die sich ihr näherten, in eisiges Grauen versetzte.

Der Totengräber trat vor und hob seine Laterne.
„Wenn wir dieses Ding nicht aufhalten, werden
wir alle sterben", flüsterte er und starrte die Statue
an. „Es ist unser einziger Weg." Mit einem
nervösen Griff umklammerte er seinen Spaten,
und die anderen Männer stellten sich in einem
Halbkreis um den Roland auf.
Plötzlich, ohne Vorwarnung, hörte Andre ein leises
Knirschen. Er erstarrte. Die Statue... bewegte sich.
Langsam, als wäre sie gerade erst aus einem
tiefen Schlaf erwacht, hob sich der steinerne Arm
des Rolands, das Schwert senkte sich in einem
tödlichen Bogen. Das Gesicht der Statue schien
sich zu verziehen, und für einen schrecklichen
Moment glaubte Andre, dass sich ein bösartiges
Grinsen auf den steinernen Lippen zeigte.

Das Gemetzel beginnt

Ein Mann schrie auf, als die Klinge auf ihn
herabfiel. Das Schwert durchschnitt Fleisch und
Knochen mit erschreckender Leichtigkeit, Blut
spritzte in die Luft, und ein entsetzlicher Laut
ertönte, als der Körper in zwei Hälften gespalten
zu Boden fiel. Die Männer schrieen vor Entsetzen
und versuchten, zurückzuweichen, doch der
Roland schien wie besessen von einem
unstillbaren Blutdurst.
Der Totengräber warf sich verzweifelt mit
erhobenem Spaten auf die Statue, doch der
Roland ergriff seinen Arm mit eiserner Kraft und
zerschmetterte ihn mit einem einzigen,
grausamen Schlag. Der Mann schrie, sein Blut
tränkte die Pflastersteine, und seine Augen

weiteten sich in einem Ausdruck purer Agonie, als
der Roland ihn mit einem brutalen Hieb
enthauptete. Der Kopf des Totengräbers rollte
einige Meter über den Marktplatz, bis er
schließlich an einer Bordsteinkante liegen blieb,
die toten Augen weit geöffnet in einem letzten,
schrecklichen Ausdruck des Grauens.
Andre, der entsetzt zusah, fühlte, wie die Furcht
ihm die Beine lähmte. Es war ein Blutbad. Die
anderen Männer versuchten, wegzurennen,
doch der Roland holte einen nach dem anderen
ein. Das Schwert zerteilte ihre Körper mit einer
Präzision und Brutalität, die für ein steinernes
Wesen unmöglich schien. Arme, Beine und Köpfe
wurden durch die Luft geschleudert, das Blut
tropfte wie Regen auf das Kopfsteinpflaster und
hinterließ ein rotes, klebriges Muster des Todes.

Die Flucht des Andre

Andre wusste, dass er die nächste Sekunde nicht
überleben würde, wenn er nicht rannte. Mit
einem letzten Blick auf das blutige Chaos um ihn
herum wandte er sich ab und sprintete in die
Dunkelheit. Die Schreie seiner Kameraden und
das dumpfe, widerliche Geräusch von Fleisch,
das zerrissen wurde, verfolgten ihn, und er wusste,
dass er niemals das Entsetzen dieser Nacht
vergessen würde.
Doch auch, als er weit genug entfernt war, spürte
er die Blicke der Roland-Statue, die sich in die
Dunkelheit bohrten, wie ein stummes, unheiliges
Versprechen. Das Grauen war nicht gebannt – es
hatte nur begonnen.

Kapitel 6: Flucht aus der Dunkelheit

Andre rannte durch die Straßen von Perleberg, als würde der Tod selbst ihn jagen. Das schreckliche Bild der zerfetzten Leichen und das Blut, das über die Pflastersteine lief, brannten sich tief in seine Gedanken ein. Jeder Schritt fühlte sich an, als wäre er noch zu nah an dem Grauen. Seine Lungen brannten, und er konnte den metallischen Geschmack von Blut in seinem Mund schmecken, während er weiter durch die menschenleeren Straßen eilte.
In der Ferne hörte er das dumpfe Schlagen eines schweren Metalls auf Stein – ein bösartiger, stetiger Klang, der sich durch die Dunkelheit zog und wie ein Versprechen klang: Der Roland würde ihn holen. Andre wagte einen schnellen Blick über seine Schulter und glaubte, eine Gestalt im Nebel zu erkennen, schwer und massiv, die Silhouette eines Kriegers, der ihm lautlos folgte.

Versteckt im Schatten

Schließlich erreichte Andre eine kleine, verfallene Scheune am Stadtrand. Er stieß die Tür auf, warf sich in den Heuhaufen und zog sich so weit in den Schatten zurück, dass er von außen nicht mehr zu sehen war. Er lauschte angestrengt, sein Herz schlug wie ein Hammerschlag in seiner Brust, während er jeden Atemzug kontrollierte, um kein Geräusch zu machen.
Von draußen war nichts zu hören. Doch die Stille, die sich über den Stadtrand gelegt hatte, war

erdrückend – wie die Stille eines Raubtieres, das
darauf wartete, dass seine Beute den Schutz des
Verstecks verließ. Andre schloss die Augen, seine
Hände fest zu Fäusten geballt, und spürte, wie
das Grauen wie eine lebende Masse über ihm
hing.

Die Stadt verfällt in Panik

In der Stadt verbreitete sich die Nachricht vom
Blutbad auf dem Marktplatz wie ein Lauffeuer.
Die wenigen Menschen, die sich noch wagten,
auf die Straße zu treten, schienen wie gejagte
Tiere – sie huschten von Tür zu Tür, tauschten
flüsternd die schrecklichen Details aus und zogen
sich sofort wieder in ihre Häuser zurück, das
Entsetzen in den Augen.
„Er hat sie alle getötet", sagte ein alter Mann mit
zitternder Stimme und zeigte auf den
blutgetränkten Platz, der nun in gespenstischem
Mondlicht lag. „Der Roland… er ist nicht nur ein
Denkmal. Er ist ein Teufel in steinerner Gestalt."
Die Priesterin der Stadt, eine Frau mit kalten
Augen und einem ernsten Gesicht, trat hervor
und sprach laut, damit die Leute sie hörten. „Was
wir hier erleben, ist ein Fluch. Ein altes Unheil, das
aus längst vergessenen Zeiten wieder
auferstanden ist. Der Roland fordert Blut – und er
wird erst aufhören, wenn die Stadt leer ist."
Die Menschen wichen zurück, einige flüsterten
Gebete, andere begannen zu weinen. Die
Verzweiflung wuchs, und die unheimliche Präsenz
des Rolands schien nun auf die ganze Stadt

überzugehen, wie ein Schatten, der alles Leben
ersticken wollte.

Die Hoffnung stirbt

Andre, der aus seinem Versteck lauschte, hörte
die gedämpften Schreie und das Weinen der
Bewohner in der Ferne. Er wusste, dass er nicht
sicher war – dass niemand in Perleberg noch
sicher war. Die Statue, dieser unnatürliche,
steinerne Ritter, hatte etwas entfesselt, das stärker
und grausamer war, als er es sich je hätte
vorstellen können.
Er schloss die Augen, versuchte einen klaren
Gedanken zu fassen. Was, wenn es tatsächlich
ein Fluch war? Ein uraltes Unheil, das irgendwie
aus dem steinernen Gefängnis entkommen war?
Er hatte Geschichten über verfluchte Artefakte
und bösartige Geister gehört, doch nie daran
geglaubt. Jetzt, in der Dunkelheit der Scheune,
wusste er, dass er einem solchen Grauen
gegenüberstand – und er wusste, dass er alleine
nichts ausrichten konnte.

Ein neuer Plan

Am nächsten Morgen, noch bevor der erste
Lichtstrahl die Stadt erreichte, schlich sich Andre
aus seinem Versteck. Mit klopfendem Herzen und
zitternden Händen suchte er das Haus des
Totengräbers auf, dessen Kopf noch immer am
Rand des Marktplatzes lag. Dort fand er einige
der verbleibenden Stadtbewohner, die sich
verzweifelt berieten.

„Wir können nicht einfach hier sitzen und warten,
bis uns das Ding alle umbringt", flüsterte eine Frau
mit verängstigtem Blick. „Es gibt nur einen Weg:
Wir müssen die Statue zerstören."
Die Idee klang für die Anwesenden wie
Wahnsinn, aber Andre spürte, dass es vielleicht
die einzige Chance war. „Wir müssen sie
auseinanderbrechen, jeden Stein in die Elbe
werfen, wenn es sein muss", sagte er
entschlossen. „Vielleicht können wir den Fluch so
bannen."
Die anderen nickten zögernd. Die Angst war tief
in ihre Gesichter gegraben, doch der Gedanke,
untätig zu bleiben, war noch schrecklicher. Der
Schmied trat vor, seine Augen hart und
entschlossen. „Wir werden den alten Hammer
meines Vaters nehmen, und ich kenne einige
Männer, die mit uns kommen werden. Wir
schlagen die Statue in tausend Stücke."

Die Nacht des Zorns

Die Bewohner warteten, bis die Dunkelheit erneut
über Perleberg hereinbrach. Dieses Mal jedoch
waren sie vorbereitet. Sie versammelten sich in
Gruppen, jeder bewaffnet mit Werkzeugen und
Fackeln. Andre und der Schmied führten die
kleine Armee an, ihre Gesichter im Schein der
Fackeln ernst und entschlossen.
Als sie den Marktplatz erreichten, stand die
Statue im Schatten der Nacht – bedrohlich und
reglos, doch das Wissen um die
vorangegangenen Blutbäder ließ sie alle
erstarren. Andre hob seinen Hammer, sein Blick

auf die steinernen Augen des Rolands gerichtet,
die im schwachen Licht kalt und unheilvoll
funkelten.

„Das ist das Ende deines Fluches", flüsterte Andre,
seine Stimme voller Verachtung. „Wir werden
dich zerschlagen, und du wirst nie wieder töten."
Er ließ den Hammer mit voller Wucht auf den Arm
der Statue herabsausen. Ein dröhnender Schlag
hallte über den Marktplatz, doch die Statue blieb
unversehrt. Ein Lachen, dumpf und schneidend,
erklang aus der Dunkelheit, und Andre sah, wie
sich der Arm des Rolands langsam hob, das
steinerne Schwert bereit, erneut zu töten.

Die Dunkelheit lebt

Die Stadtbewohner schrien und flohen in alle
Richtungen, doch Andre blieb wie gelähmt
stehen, als die Statue mit einem langsamen,
unerbittlichen Schritt auf ihn zukam. In diesem
Moment wusste er, dass sie nie eine Chance
gehabt hatten. Der Roland würde immer stärker
sein, immer brutaler. Er war das Grauen selbst,
das die Stadt Perleberg in seinen eisernen Griff
geschlossen hatte.

Kapitel 7: Die Rückkehr des Fluchs

Andre warf den Hammer von sich und taumelte rückwärts, als die steinerne Gestalt des Rolands unaufhaltsam auf ihn zukam. Sein Herz raste, und ihm wurde klar, dass die Statue mehr als nur ein Monument war. Doch was steckte dahinter? In der Stille, die ihm schneidend ins Ohr drang, vernahm er ein leises, flüsterndes Raunen. Eine Stimme, die wie aus einer anderen Welt zu kommen schien.
„Perleberg hat mich verraten… mich verstoßen… und jetzt soll die Stadt meinen Zorn fühlen."
Andre stockte der Atem. Diese Worte, kaum mehr als ein Hauch, hatten eine Grausamkeit, die selbst durch den kalten Stein hindurch spürbar war. Der Roland war nicht einfach ein Denkmal – er war das Gefängnis eines Wesens, das einst Rache geschworen hatte.

Eine dunkle Vergangenheit

In einem verzweifelten Versuch, der Statue zu entkommen, stürzte Andre zurück und suchte Schutz im nahen Kirchengang. Die Priesterin, die die panische Flucht der Bürger beobachtet hatte, trat aus dem Schatten hervor und starrte die Statue in entsetztem Schweigen an. Sie schien etwas zu wissen, das niemand anders wusste.
„Es ist wahr", flüsterte sie und sah Andre mit einem kalten, durchdringenden Blick an. „Der Roland war nie nur ein Symbol. Er ist das Gefängnis eines Mannes, eines Verbannten aus

uralten Zeiten. Die Stadt hat ihn in Stein gebannt und ihn an den Marktplatz gestellt, auf dass er für immer still bliebe. Doch damals wurde eine Bedingung gestellt – eine Bedingung, die den Fluch zurückhält."

„Welche Bedingung?" fragte Andre mit rauer Stimme, während draußen das Chaos weiter tobte. Die Priesterin schloss die Augen und begann zu erzählen, ihre Stimme zitterte vor Angst und alter Erinnerung.

„Der Mann, der in dieser Statue eingeschlossen wurde, war ein Soldat, ein Kämpfer, der einst die Stadt in einem Krieg verteidigte. Doch als er zu grausam wurde, sogar Unschuldige tötete, wurde er verflucht und verstoßen. Die Stadtoberen ließen ihn in Stein bannen, aber sein Hass und sein Blutdurst konnten nie vollständig gebannt werden. Einzig ein Opfer konnte seine Wut stillen."

Andre runzelte die Stirn, die Worte schienen ihm unwirklich, und doch lag eine unbestreitbare Schwere in der Geschichte. „Ein Opfer? Was für ein Opfer?"

Die Priesterin sah ihn mit einem Blick an, der mehr sagte als tausend Worte. „Ein Leben, Andre. Ein Leben aus der Familie des Stadtführers, eines der Nachfahren, die diesen Fluch über ihn brachten. Nur das Blut jener, die ihm diese Gefangenschaft auferlegten, kann ihn erneut binden."

Die letzte Hoffnung

Andre fühlte, wie die Wahrheit ihn wie ein Messer ins Herz traf. Der aktuelle Stadtführer, Herr Rudinger, hatte Perleberg durch schwere Zeiten geführt – und war der letzte bekannte Nachkomme jener Stadtoberen, die den Roland verflucht hatten. Die einzige Möglichkeit, die Statue aufzuhalten, bestand darin, Rudinger selbst zu opfern. Eine grausame und undenkbare Wahl, und doch die einzige Hoffnung.
„Du verlangst, dass ich ihm das Leben nehme?" flüsterte Andre, seine Stimme heiser vor Schock und Unglauben.
Die Priesterin nickte langsam. „Entweder er stirbt... oder die Stadt wird in einem Blutbad versinken. Der Roland wird nie aufhören, nicht bevor er den Zorn vollendet hat, der in ihm brennt."
Andre stand still, die Worte hallten in seinem Kopf wider, als die Schreie und das unheilvolle Knirschen von Stein wieder aus der Ferne erklangen. Die Statue war weiterhin auf der Jagd, ihre unaufhaltsame Raserei würde nicht enden, bis jedes Leben in Perleberg ausgelöscht war. Er wusste, was er tun musste – doch die Entscheidung lastete schwer auf ihm.

Ein verzweifelter Plan

Mit einem letzten Blick zur Priesterin nickte Andre und eilte durch die Gassen, das Echo der Schreie und das metallische Geräusch von klirrendem Stein im Rücken. Rudinger musste verstehen, was auf dem Spiel stand – er musste ein Opfer bringen, damit die Stadt überleben konnte. Es war ihre letzte Chance.
Als Andre schließlich Rudingers Haus erreichte, brach er keuchend durch die Tür und fand den Stadtführer, der selbst vor Furcht zitterte. Rudinger wusste längst von dem Unheil, das sich über die Stadt gelegt hatte, doch als Andre ihm die grausame Wahrheit eröffnete, wich das Entsetzen in seinem Gesicht einer tiefen Resignation.
„Wenn es der einzige Weg ist…", flüsterte Rudinger und senkte den Kopf, seine Schultern sanken wie unter der Last eines schweren Erbes. „Dann werde ich tun, was getan werden muss."

Ein Opfer unter dem Mond

Andre und Rudinger machten sich auf zum Marktplatz, wo die Statue des Rolands in ihrem steinernen Blutrausch verharrte, doch ihr Blick schien auf Rudinger gerichtet zu sein, als würde sie das Erbe in seinem Blut erkennen. Der Stadtführer kniete sich nieder, seine Hände zitterten, doch sein Gesicht zeigte eine seltsame Ruhe, als er die Augen schloss.
Andre holte tief Luft und hob ein Messer, das ihm die Priesterin gegeben hatte, eine Klinge, die vor Jahrhunderten für den Fluch geschmiedet

worden war. Mit einem letzten Blick des Respekts ließ er das Messer herabfahren.

Ein leises, dunkles Rauschen breitete sich aus, als das Blut Rudingers über das Pflaster floss. Die Statue des Rolands verharrte in ihrer Position, die steinernen Augen glühten ein letztes Mal, und dann fiel sie in sich zusammen – als würde der Zorn, der sie befeuert hatte, im Blutopfer des Stadtführers erlöschen.

Ein neuer Anfang?

Die Menschen traten vorsichtig aus ihren Häusern, das Gesicht erschüttert von der Erkenntnis des Geschehenen. Andre stand neben dem leblosen Körper des Stadtführers und starrte auf die Überreste der Statue, die sich nun wie normale Steine über den Platz verteilten. Ein bedrückendes Schweigen legte sich über Perleberg, und obwohl das Grauen scheinbar beendet war, konnte Andre nicht das Gefühl abschütteln, dass etwas Dunkles und Zorniges tief in den Schatten der Stadt zurückgelassen worden war – etwas, das nie wieder geweckt werden durfte.

Kapitel 10: Das Vermächtnis des Blutes

Andre ging weiter, der Nebel der verlassenen Stadt Perleberg verschwand langsam in der Ferne hinter ihm, und die Stille des Morgens breitete sich um ihn herum aus. Doch etwas hielt ihn auf, eine tiefe Unruhe, die in ihm loderte wie eine unauslöschliche Flamme. Die Schrecken, die er erlebt hatte, und die dunkle Magie, die er gespürt hatte, lasteten schwer auf ihm. Er wusste, dass er fortgehen sollte, doch eine unersättliche Frage hielt ihn fest – *Warum war all das passiert?* In einem Anflug von Wagemut und innerem Zwang kehrte Andre auf die Spitze des Hügels zurück, der die Stadt überblickte. Der dichte Nebel verhüllte Perleberg weiterhin, und ein eisiger Wind zog durch die Bäume, die den Pfad säumten. Als er über die Stadt blickte, glaubte er, Schatten zu sehen, die in den dichten Nebelschwaden tanzten – Geister, die sich wie ein düsteres Geheimnis durch die Straßen bewegten.

Die Priesterin kehrt zurück

Plötzlich hörte Andre eine vertraute, leise Stimme hinter sich. Es war die Priesterin, ihre Erscheinung blass und fast geisterhaft, doch ihr Blick war scharf und durchdringend. Sie war in einem dichten Nebel aus Blutmagie erschienen, als eine Manifestation der Vergangenheit. Andre wagte es kaum zu atmen, seine Augen suchten die ihren, während sie begann zu sprechen.

„Andre," sagte sie mit einer Stimme, die wie ein Windstoß durch die Bäume hallte. „Ich wusste, dass du zurückkehren würdest. Es war unvermeidlich. Die Wahrheit muss enthüllt werden – für dich, für alle, die das Vermächtnis dieser Stadt tragen."

„Warum?" flüsterte Andre und fühlte, wie sich eine eisige Hand um sein Herz legte. „Warum musste all das geschehen? Warum lebt dieser Fluch in Perleberg?"

Die Priesterin sah ihn lange an, ihre Augen voller Schmerz und schwerem Wissen. „Es begann vor Jahrhunderten, als Perleberg noch eine junge Stadt war, von Eroberern und Kriegen umgeben. Der Roland, von dem du gehört hast, war nicht nur eine Statue oder ein einfacher Krieger. Er war ein Mann, ein Soldat, dessen Blut einst unsere Stadt verteidigte… und sie zugleich verfluchte."

Die Geschichte des Ritters Roland

„Roland war der mächtigste Krieger unserer Stadt, ein Mann, der ohne Gnade kämpfte und mit einer Brutalität, die sogar die härtesten Soldaten in Angst und Schrecken versetzte. Doch Roland war nicht nur ein Mensch – er war besessen von einer dunklen Macht, einer alten, blutigen Magie, die er sich in den Schattenkriegen aneignete. Eine Macht, die ihm unsägliche Kräfte verlieh, aber seinen Geist vergiftete."

„Diese Magie gab ihm die Stärke, das Leben von Hunderten zu nehmen, um unsere Stadt zu schützen. Doch als der Krieg vorbei war, wollte

Roland nicht aufhören. Er begann, die Macht, die er besaß, auf die eigenen Bürger Perlebergs zu richten. Jeder, der ihm im Weg stand, jeder, der seine Macht infrage stellte, wurde auf brutalste Weise hingerichtet."

Andre hörte gebannt zu, die Worte der Priesterin weckten ein Bild des Schreckens, das er kaum ertragen konnte. „Wie konnte die Stadt ihn stoppen?" fragte er schließlich, seine Stimme zitterte vor Entsetzen und Neugier.

Das uralte Ritual

„Es war die Stadtoberen, die schließlich beschlossen, Roland aufzuhalten," fuhr die Priesterin fort. „Doch sie wussten, dass er nicht wie ein normaler Mensch getötet werden konnte. Seine Macht war zu stark, seine Verbindung zur dunklen Magie zu tief. Sie riefen einen Priester und eine Hexe, und zusammen vollzogen sie ein uraltes Ritual. Sie bannten seinen Geist in eine Statue, den Roland, den du kennst, und versiegelten ihn mit einer Bedingung: Er würde für immer still bleiben, solange das Blut der Stadt ihm gewidmet blieb."

Andre runzelte die Stirn. „Was heißt das – das Blut der Stadt?"

„Ein Opfer, ein Leben aus jeder Generation der Stadtoberen", antwortete die Priesterin und sah Andre mit einem düsteren Blick an. „Ein Leben, das ihm seine unbändige Wut und seinen Blutdurst stillen sollte. Ein Leben, das er nie einfordern würde, solange die Stadt seinen Fluch ehrte."

Der Bruch des Pakts

„Aber etwas ist schiefgelaufen, nicht wahr?"
fragte Andre, als ihm eine düstere Wahrheit
dämmerte.
Die Priesterin nickte langsam. „Der letzte
Stadtoberste, Rudingers Vater, brach den Pakt. Er
lehnte das Ritual ab, glaubte nicht an die Macht
der alten Geschichten und weigerte sich, das
Blutopfer zu bringen. Er sah den Fluch als einen
Mythos an, ein Aberglaube, den er nicht
fürchtete."
„Also ließ er den Fluch außer Acht… und die
Statue begann zu erwachen." Andre spürte ein
kaltes Grauen in sich aufsteigen. „Rolands Geist
wurde frei, und mit jedem Jahr, in dem das Ritual
nicht vollzogen wurde, erwachte er ein Stück
mehr, bis er schließlich die ganze Stadt mit
seinem Fluch durchdringen konnte."

Der unstillbare Hass

„Roland war nicht nur ein Krieger", flüsterte die
Priesterin. „Er war ein Wesen des Hasses, der
Blutlust, und die dunkle Magie, die ihn
durchströmte, war eine Geißel, die nun in
Perleberg lebt. Seine Seele, sein Zorn, seine
Macht – sie wurden zu einem Teil der Stadt. Jeder
Stein, jeder Tropfen Blut trägt sein Erbe."
Andre fühlte, wie ihm der Atem stockte. Er blickte
zur Stadt zurück, die hinter dem Nebel lag, nun
eine verfluchte, geisterhafte Hülle. „Also lebt der
Fluch in Perleberg, weil wir sein Vermächtnis im

Blut weitertragen. Jede Familie, jeder
Nachkomme ist an diesen Fluch gebunden."
Die Priesterin nickte, ihre Augen voller Trauer.
„Solange es Nachkommen gibt, solange das Blut
weiter fließt, wird der Fluch nie enden. Die Stadt
war verflucht von dem Moment an, als sie
Rolands Macht annahm. Doch nur, weil sie ihn als
Krieger brauchten."

Das unausweichliche Ende

„Warum erzählst du mir das jetzt?" fragte Andre
und spürte ein schweres Gewicht auf seinen
Schultern.
„Weil du der Letzte von ihnen bist, Andre. Der
Letzte Nachkomme derjenigen, die Rolands
Macht entfesselt und ihn schließlich verbannt
haben. Der Fluch lebt in dir – in deinem Blut.
Solange du lebst, wird Perleberg niemals frei sein.
Der Fluch wird dich verfolgen, und jede Stadt, die
du betrittst, könnte sein nächstes Opfer werden."
Andre starrte sie entsetzt an, das Gewicht dieser
Offenbarung raubte ihm den Atem. „Du meinst…
ich trage den Fluch weiter?"
Die Priesterin nickte. „Ja, Andre. Doch es gibt
eine Wahl – du kannst ihn in Perleberg lassen, ihn
dort binden. Aber nur, wenn du dein Blut und
dein Leben für die Stadt opferst."

Die letzte Entscheidung

Andre wusste, was auf dem Spiel stand. Er spürte
das Grauen und den Schmerz in sich, doch er
verstand auch, dass dies der einzige Weg war.
„Dann soll es so sein", flüsterte er und spürte, wie
ein erlösender Frieden über ihn kam.
Die Priesterin reichte ihm ein zeremonielles
Messer, und mit einem letzten Blick zur Stadt, die
er geliebt hatte, schnitt er sich die Hand und ließ
das Blut auf den kalten Boden von Perleberg
tropfen. Er spürte, wie sein Geist langsam in die
Stadt überging, als er auf den Marktplatz trat und
sein Leben dem Fluch opferte.
Der Fluch, der ihn umschloss, wurde eins mit dem
Boden, mit der Stadt, und das Grauen, das
Perleberg durchdrungen hatte, legte sich endlich
zur Ruhe. Andre, nun Teil der dunklen
Vergangenheit, vereinte sich mit der Geschichte
der Stadt – und bewachte sie für immer als einer
der verfluchten Geister im Nebel.